季語生成

高岡修

思潮社

高岡修詩集

季語生成

高岡修

思潮社

目次

装画――北郷萌祥

装幀――思潮社装幀室

季語生成

凧

気が狂《ふ》れてしまうほどの
己れへの昇りつめ方が
あるのだ
ついには空全体をさえ見失なってしまうほどの
空の深みへの到達が
あるのだ

その遥かな高みで

凧は
神をも
見失なう

死界に触れては
大きく
身を
ひるがえす

春の季語——凧

水の春

どのような情念を流せば
そのようにも静かに海は満ちてくるのか
夕暮れ
部屋の片隅ではすでに
一頭の馬が溺れはじめている

水の家族
みんなの思念の背鰭

母は水鏡と化したテーブルクロスに殺意だけを映し
父は隣室の沖の海市に行ったまま帰らない
姉は遠い海峡をただようみずからの死体を夢みてやまず
弟は水鏡の殺意の反照をまぶしがっている

水の家族
みんなの素姓の水位
母はかつて秋の最後を飾ろうとしては情死する夕雲を憎悪した
父はかつてビルの谷間で絞殺されるおびただしい数の細い空を見た
姉はかつて激しく長い接吻のふちに咲く鳥兜にあこがれた
弟はかつて母の憎悪の深い井戸に落ちて死んだ

水の家族
食するものは甲殻の類
母は殺意ですべすべした四枚の皿を配り

テーブルの下の深海層から眠る数匹の海老を引き揚げる
姉はできるだけ等分に海老を引き裂こうとして
おそろしく長い手の情感をひからせる
死んだ弟は水鏡の殺意の反照をまぶしみながらも
引き裂かれてもなお眠りつづける海老が珍しくてたまらない
父はあいかわらず不在
隣室の沖の海市に行ったまま
ときにマリアナ海溝あたりまで
その消息を
回游する

春の季語——水の春

海市

I

海市の沖にも
もうひとつの海市がある
その海市の沖にも
もうひとつの海市があり
その海市の沖にも
さらなる海市がつづいている
海市を見るとき

人は
海市の
その果てしなさを
見ている

2

海市にも
わたしの
もうひとりの母が棲んでいる
その海市の沖の海市や
その海市の沖の海市にも
わたしの
もうひとりの母が棲んでいる
それぞれの海市で

母は
わたしを
生んでいる
海市を見るとき
わたしは
わたし自身の
その果てしなさを
見ている

春の季語――海市《かいし》＝蜃気楼

聖金曜日

未明

邂逅の向こう側で無数の私が気づかわしげに見つめている私は磔《はりつけ》

朝

微笑の蘂の陰で知命のひとつへ私情をかがやかそうとしてはすぐに敗北してしまう私は磔《はりつけ》

正午

天心を射ようとしてのけぞる弓のように無への遠心力に濡れている私は磔《はりつけ》

午後

希望というものの全身に浮きあがっている鳥肌を七曜のノスタルジーに塗りつけたがる私は磔《はりつけ》

夕暮れ

吐血する万有からはぐれてもなお蛇苺の群れ咲く野の眩しさへ行こうとする私は磔《はりつけ》

夜

限りなく優美な共犯性に彩どられた死の愉楽へミルク状の情動でありたい私は磔《はりつけ》

深夜

谺のように背後だけを残して今日の非在から立ち去ってしまう私は磔《はりつけ》

春の季語――聖金曜日

白い日曜日

きのうの私の頬杖が
テーブルの上で
置き去りになっている
頬杖の上では
きのうの私の頭蓋が
非在を
たゆたっている

たとえ今
テーブルの花瓶に挿されているものが
はにかみながら子午線をよぎる鳥影のひとつであったとしても
咲くとは
みずからを激しく
裂くことにほかならない

白い日曜日

永遠と同じ量だけさまよって
あの日、釘で打ち抜かれたあなたの左手が
今日も
この部屋の白い窓枠に
咲いている

春の季語——白い日曜日

秋千

おそらく
千年は
ただひとときだけのために
過ぎる

たとえば
たったひとりで死んだ子どものため
そのひと揺れに過ぎる
千の秋のように

春の季語――秋千《しゅうせん》＝ぶらんこ

落花

花の闇には
他界との通路があるらしい
というのも
桜が満開の頃になると
花の闇から
死んだ母が現われて
満開の桜の下に

筵を敷くからである
死んだ母は
うっすらと微笑を流し
そこから
わたしに
手招きする
もちろん
天上にも
桜は咲き満つる
それゆえ
落花には
天上からの落花も混じっている
わたしは
死んだ母とならんで筵にすわり
ひときわ激しさを増したかのような天上からの落花を

額で
享ける

春の季語――落花

陽炎

かげろうが眼に挿している花水木
かげろうの歯が嚙んでいる蝶の光《かげ》
かげろうの脳葉に死は澄みわたり
かげろうに凭れてねむい斧の影
かげろうの恋情揺する調律師
かげろうに来ては隠れる子がひとり
かげろうの胸の余震がとまらない
かげろうが花影くわえている忘我

かげろうの指を栞とする流離
かげろうに肉欲が来てかなしがる
かげろうに手錠をかける白すみれ
かげろうの妬心ほどけば水の蝶
かげろうを縄でしばれば血がにじむ
かげろうに釘打ち渇く丘の上
かげろうが空に指紋を売りにゆく
かげろうの動悸を盗むかたつむり
かげろうの失踪を見るかたつむり
かげろうの野に永遠が溶けたがる
かげろうの声は谺に使われる
かげろうの腑わけは猫が好むだろう
かげろうの髪くしけずる夕日領
かげろうへ投身の雲かぎりなく
かげろうへ遠く縊死する空ひとつ

かげろうの世にかげろうを産み継いで
かげろうのため石棺は野に立たす
かげろうの夢をあふれている青野
かげろうの未遂へつづく情死行

春の季語――陽炎《かげろう》＝糸遊《いとゆう》

水蜘蛛

水蜘蛛の世界にも
水の空はある

ただ
水は空を映したまま
空の高さと同じ距離
水界の果ての遙かな幻像に
水の空を

沈めている

それゆえ
水蜘蛛は
水の空へ入ってゆくことができない
ましてや
蜘蛛のように
みずからの血のための罠を
本当の空へ
かけることもできない

仕方がないので
水蜘蛛は
水の空と空のあいだの
おそろしく青い無限空間で

死の円周率を
ほどきつづける
ただ
それでもなお
水蜘蛛が
みずから描く
死のための
おそろしく扁平な罠の円心に
捉えられているということに変わりはない

夏の季語——水蜘蛛《みずぐも》＝水すまし

虹

むしろ土竜《どりゅう》とは
虹の卵を主食とする生きもののことである
遠い日に天の竜となって遥かな空を飛翔したいという強い思いが
ひたすら虹の卵を食べさせるのだ
だが
虹の卵のその透明さゆえに
いくら食べても
わずかな浮力さえ生じない

土の中にあって
土竜がおどろくのは
雨後の虹の羽化の素速さである
雲の切れ間から陽が射しはじめたとみるや
すなわち
ある卵は青い羽化を了え
すなわち
ある卵は赤い羽化を了えて
いっせいに
地を
翔び立つ

空を仰いで
土竜がかなしむのは

虹の成虫のその飛翔が
一回性でしかないという事実である
一回限りの飛翔のあいだにめくるめく交尾を了えると
すなわち
弧の果ての地に産卵をし
すなわち
彩色の果ての暗黒へと
死に絶える

それでも土竜は
虹の成虫のようにも鮮やかに
一回性の空を渡りたいと思う
遠い世に天の竜となって遥かな空を飛翔するみずからのために
ひたすら
虹の卵を

食べつづける

夏の季語——虹

蛇の衣

どれほど
自分を脱ぎ捨てようと
みずからに流れてきた血の色から
逃げることはできない
どれほど
脱ぎ捨てた自分から遠ざかろうと
なおもみずからに流れこんでくる血の総量から
逃げられるわけではない

遠く振り返れば
風は
木の枝にからまる蛇衣を
過去世への美しい旗のように
はためかせている
すでに太陽は
脱ぎ捨てた蛇衣の内側で
次の世への肉を
育くんでいる

夏の季語――蛇《へび》の衣《きぬ》

蟻地獄

誰の深層の砂地にも
蟻地獄はある
ひとつの飢えをみたそうとして現前する、
さらに大きな飢えの無限連鎖が
生の深層の砂地に
擂り鉢状の陥穽を
形成するのだ

ただ
僕らの深層の陥穽はひっそりとして
その内部にうごめくものはない
そこでは
ウスバカゲロウの幼虫がつくる繭も
繭のなかでひそかに育くまれる羽化という未来も
僕らの深層の真闇にときおり立ちゆらぐ、
幻像というもののひとつにすぎない

ただ
そこには
激しい息づかいのようにも思わせる、
ひとつの確かな気配がある
それは
見えないがゆえに

いっそう明確に見えているものである
それは
匂わないがゆえに
ひときわ濃密に匂い立っているものである

そう
ついに擂り鉢状の陥穽それじたいであり
ウスバカゲロウの幼虫の幻像である僕らじしん
みずからの飢えの陥穽に
みずからを突き落としては
もがいてもなおずり落ちてくるみずからを食い殺そうと
ひたすら待ち受けている僕らじしん

ただ
まちがってはいけない

僕らの深層に飢えが生まれるのではない
巨大な陥穽の飢えのなかに
僕らの深層の砂地が
生まれ出るのだ

夏の季語——蟻地獄

夕焼け

丘の上に群らがって
子どもたちが
今日ころした蛇を
空に投げ上げては
喚声をあげている

他に死を受けとめる術がないので
空は
殺されてなお鳴りやまぬ蛇の鼓動を
次の世への胎内の赤さで
響《な》りつづける

夏の季語——夕焼け

滝

夕暮れ
雑踏のなかで
君はいつも
眼を
とじる
地の果てを照らす一条の
滝となるのだ
そうして君は
落下する水のようにも豊かに

君じしんを
捨てつづける

深夜
部屋のなかで
君はひとり
眼を
ひらく
血の果てを照らす一条の
滝となるのだ
そうして君は
屹立する水の骨のようにも鮮明に
君じしんを
立ちつくす

夏の季語――滝

空蟬

死者たちの夢みた都市
死者たちの夢みた工法によって建てられた摩天楼
しかし、いまにして死者たちは思い知る
それは空蟬の生まれ変わった姿でしかなかったのだと

だからといって
そのような手紙が
差出し人に返されてはならない
それは
投函されたまま
ついに読まれざる手紙として
永遠の時空を
漂よわなければならない

その永遠の手紙のためのポストが
どの銀河の端にも立っている
ときおり
手紙を出しに行ったまま
帰ってこない人がいるが

彼らは
この銀河の端のポストまで
いまも
歩きつづけているのである

秋の季語——銀河

蝸牛

すべての世界が眠ってしまうと
蝸牛は
耳を出てゆく
眼も耳もない雌雄同体の闇の彼方へ
行こうというのだ

ひとり夜を渡っていると
やがて眼球がゆっくりと溶けはじめるのがわかる
それでもなお溶けつづける眼球を触角の先から突き出し

ひりひりするほどにも痛い夜の深部に差し入れていると
みずからの殻のなかの空無の総量が
この漆黒の宇宙の空無の総量と
まったく同じであるかのように思えてくる

いや
間もなくそれは
現実となるのだ
彼は知っている
一点の空無が、そのまま
無限の空無と等価となるその一点へ
この深夜
おびただしい数の蝸牛が
集結しつつあるということを

夏の季語——蝸牛《かぎゅう》

螢

前《さき》の
世の
その
前《さき》の
世の
螢の
火

次《つぎ》の
世の
その
次《つぎ》の
世の
螢狩

夏の季語——螢

蜉蝣

かげろうの眼がふとよぎる水鏡
かげろうの瞼の裏に似て花野
かげろうの呼吸《いき》に昼月溶けにくる
かげろうの痴情にあまい草の罠
かげろうの羽音でつくる摩天楼
かげろうに生まれて影が哀しがる
かげろうに秋が脱皮を見せたがる
かげろうよ日はうしろ手に縛られて

かげろうが見る秋空の嵌め殺し
かげろうが日の心音を聴いている
かげろうの脳《なずき》に生《あ》れる乱の影
かげろうと並べば愉楽も揺れるだろう
かげろうに死海と化して映る空
かげろうよ今日はどの子をつれてゆく
かげろうに夕日の葬は遠すぎる
かげろうの動悸を月光界に容れ
かげろうの死に触れている銀河の尾

秋の季語――蜉蝣《かげろう》

銀杏黄葉

むしろ
大銀杏のその黄金色は
死界のものだ
見ていると
風もないのに葉むれが揺れる
葉むれの奥から
声が聞こえてくる

死の深い闇からやってきて
子どもたちが
鬼あそびをしているのだ
その様がとても楽しげなので
大銀杏の葉が
死んだ子どもたちの遊び興じる心に染まって
黄金色に輝やいているのだ

秋の季語――銀杏黄葉《いちょうもみじ》

天蓋花

死者たちの眠る世界が地下深くなら
僕らの棲むこの地表こそが
死界の天蓋である
ただ
地下深くにあっても
すべての死者が眠るとは限らない
死んでなお地上への夢を覚醒しつづける死者たちもいるのだ

秋——死者たちの覚醒の季節《とき》
眠れぬ果てに火の植物と化した死者たちの眼差しは
垂直に天蓋を突き抜ける
花弁として開花しては
火の睫毛を激しく反らす
そうして
死んでなお見果てぬ地上の夢に
次々と
火を
点けてゆく

秋の季語——天蓋花《てんがいばな》＝死人花《しびとばな》＝曼珠沙華《まんじゅしゃげ》

洪水

眼が覚めると
僕は
砂の木になっていた
といっても
それは
砂のみている夢の中でのことである
僕らと同じように
砂もまた

夢をみるのである
ただ
誰もが
誰かの夢を生きているのが現実だから
僕は
誰かのみている夢から
砂のみている夢の中へ
僕の生を
移行したにすぎない

砂の夢の中で
砂の木である僕は
全身を砂の思想で満たしていた
砂の空に
砂の葉脈をひろげては

砂の光合成に余念がなかった
ときに数羽の砂の鳥を憩わせ
夕暮れには
砂の時間の濃密な流動を
見つめた

ところで
砂のみている夢の中で
一本の砂の木であったということは
砂のみている夢を
僕が
一本の砂の木として
覚醒していたということである
その事実に気づいてしまった以上
僕は

僕じしんの夢へ
覚醒しなければならなかった

その夜
ついに僕は
僕じしんの夢の始原
すなわち
洪水がみている夢の中へ
入っていった

秋の季語——洪水

鬼の捨子

僕らと同じように
天上の鬼も
子を捨てるのだ
捨てられても子鬼の多くは成育するが
ひ弱な鬼の子は死んでしまう
だが
死んだからといって
親から捨てられた鬼の子の哀しみが

消えるわけではない
むしろ
僕らと同じように
哀しみそれじたいとなって
死につづけてしまう
だから
再生のときが訪れたとしても
哀しみの卵殻にこもり
孵化したのちも
蓑をかぶっては
全身を隠している
それでもなお
完全に断ち切られるのを怖れるかのように
木の枝々にぶら下がっては
天上からの声を待っている

ただ
男の子は羽化して
天上界への果てない飛翔をこころみたりもするが
女の子はけっして羽化しようとはしない
蓑のなかでしきりに親鬼の名を呼びつづけながら
ひたすら捨てられた子の哀しみを生み継ぐのである

秋の季語——鬼《おに》の捨子《すてご》＝蓑虫

銀杏落葉

いちまいは
地の寂寥に降りつもる
いちまいは
水たまりが映すもうひとつの空の無限へ落ちてゆく

いちまいは
見上げる私の血の寂寥に降りつもる
いちまいは
風の横顔が咥えてその行方不明を眩しくする

冬の季語――銀杏落葉《いちょうおちば》

水鳥

水の
水じしんへの
あてどなさ
水が
水であるということの
流刑の果て
それら
水の眩暈のようなものを

踏みしだき
それら
水の痛覚のようなものを
打ちつくして
水鳥は
水を出る
しかもなお
水鳥は
空無が空無であるということのまぶしさを
飛翔という名の
遠い
己れへの徒労で
あおりつづけなければならない

冬の季語——水鳥《みずとり》

火事

その内界の赤い犬を
誰も名づけることはできない
その内界の赤い犬は
無名の地下深くへ 非在の赤い舌を垂らす
その内界の赤い犬を
誰も捕えることはできない
その内界の赤い犬は
隷属のいかなる檻からも逃れ出る

おお放火《あかいぬ》
僕らの生の暗部の発火点
僕らの燦然たる破滅への熱

（火につつまれるものが
（物質だけとは限らない

放て
血という血の草深い精神の路地へ
炎やせ
精神が匿まっている恍惚の憎悪
その内界の赤い犬を
誰も飼い馴らすことはできない

その内界の赤い犬は
偽善という窓枠のもっとも燃えやすい場所を知っている
その内界の赤い犬を
誰もとめることはできない
その内界の赤い犬は
僕らの深層の赤い闇を咥えて走り出る

冬の季語――火事

枯蟷螂

交尾が終わり
雄蟷螂を食べ終えると
雌蟷螂は
枯れはじめる
斧が枯れ
脳の芯部の殺意までもが枯れつくすと
枯葉の先へのぼってゆく
彼女はそこで一度死ぬのである

そうして
祈りの形で斧を振り上げたまま
野火のようにも斧の先にからまってきては引火する
遠い
再生のための
春を
待ち受けるのだ

冬の季語――枯蟷螂《かれとうろう》

縄飛び

春が近くなると
死んだ子どもたちは
縄飛びをする
ひたすら飛びつづけていると
ついには
縄のつくる
透明な卵殻のなかに
浮遊する

その縄飛びを
死んだ子どもたちは
透明な卵遊びと名づけているが
そうして死んだ子どもたちは
次々と
春の岸辺へ
孵ってゆくのである

冬の季語——縄飛び

あとがき

　十代の頃から詩とともに俳句をつくってきた。形象俳句への入門と同時に私が師事した前原東作の師は吉岡禅寺洞である。「形象」はその禅寺洞の命名であり、禅寺洞は日野草城や杉田久女とともに高浜虚子から破門された人である。破門の理由は自由律俳句への転向なのだが、結果として新興俳句運動の旗手と言われた篠原鳳作を生むことになった。ちなみに、鳳作は前原東作の兄弟子であり、鳳作の「作」の字は、まだ雲彦と号していた篠原が東作の一字から採ったものである。

　結局、前原東作の死後、私が「形象」の主幹を引き継ぐことになったわけだが、極論すれば、私もまた「詩神と単純化の鞭としての十七詩型があれば他のものは皆無視してい い」という篠原鳳作の思想を受け継いでいる。篠原鳳作ほど激しく無季俳句それじたいを提唱するわけではないが、季語を絶対ともしない。俳句という強靭なる詩の創造において、詩語としての使用を果たしていない限り、季語もまた無用の一語としかなりえないという立場である。

しかし、それでもなお、俳句の歴史はいくつかの秀れた季語を残した。いつの頃からか、それら一語一語の内包する世界を、俳句ではなく、詩空間として構築したいという強い思いに捉えられた。「それこそが季語における本意・本情というものだ」という声が季語絶対派の俳人の中から聞こえてきそうだが、とにもかくにも、この詩集はその試みのひとつである。

詩集のカバー絵は、私が生前葬を行った南泉院に飾られていたものである。最近、その絵を描かれた北郷萌祥氏との出会いもあった。南泉院の宮下亮善住職ともども、カバー絵の使用をこころよく了承していただいた。

また、今回も思潮社の亀岡大助氏のお世話になった。あわせて感謝の意を述べさせていただく。ありがとうございました。

二〇一二年五月

高岡　修

季語生成《きごせいせい》

著者　高岡《たかおか》 修《おさむ》
発行者　小田久郎
発行所　株式会社 思潮社
〒一六二―〇八四二　東京都新宿区市谷砂土原町三―十五
電話〇三（三二六七）八一五三（営業）・八一四一（編集）
ＦＡＸ〇三（三二六七）八一四二
印刷　三報社印刷株式会社
製本　小高製本工業株式会社
発行日　二〇一二年八月二十五日